A Vicente
        P. L. O.

Para Quim Ribalta,
animador de paisajes y cielos estrellados.
                              X. S.

La invisible brisa

Pedro López de la Osa

Ilustraciones de Xavier Salomó

sm

La noche tenía vestido azul cielo y el bosque estaba
iluminado con luz de Luna. Su reflejo en el estanque
parecía un camino de piedras blancas. El bosque estaba
tranquilo y nada se oía, a excepción de la voz del sabio
búho que de vez en cuando se dirigía a la Luna
con su monótona frase:
–Una noche tranquila.

La Luna, silenciosa, se paseaba por el cielo y se despidió
dejando paso al Sol que, perezoso, comenzaba
a levantarse. Siempre, antes de irse, le insinuaba:
–Creí que no llegarías.
–Soy perezoso pero siempre puntual –contestaba–.
Buenas noches, Luna.
–Buenos días, Sol.

Y así comenzaba el Sol a subir con lentitud.
Su luz, cada vez más intensa, despertaba a todos
los habitantes del bosque. El rocío mojaba las hojas
de las flores, plantas y árboles.
El bosque se despertaba y despejaba de su sueño.
Cuando el bosque ya se había despertado, los árboles
sacudían sus hojas y el rocío acumulado caía a la pradera.
Los pájaros bajaban al estanque y se bañaban a la orilla.
Las abejas volaban veloces a las flores para recolectar
su comida. Los zorros lavaban a sus hijos para el nuevo día;
las ardillas corrían a los alcornoques y a las encinas
a coger sus bellotas para el desayuno.

Pero las más trabajadoras eran las hormigas que,
en fila desde que el Sol anunció su llegada, iban de un
lado para otro cargando y descargando cosas sin parar.
El búho se había ido a dormir y no quería saber nada
de la luz. Le acunaba el ritmo de los pájaros carpintero
al martillear las duras cortezas de los árboles.
–¡Qué manía tenéis de golpearnos! –protestaban estos.
El día ya había comenzado.

El único problema era que el Sol daba cada vez más y más calor.
A los animales eso les sentaba mal: se sentían cansados,
sin fuerzas. ¡No podían ni respirar!

Hacía tanto calor que hasta el búho se despertó
y salió a hablar con él:
–Perdona Sol, pero hoy estás dando mucho calor.
¿No podrías guardártelo y soltarlo poco a poco?
–No, lo siento, Búho. Tengo que expulsar todo mi calor
durante el día, si no por la noche no duermo.
–Ya, pero entiende que estás ahogándonos a todos.
A mí me has despertado, no puedo dormir –protestó el búho.
–Lo siento, de verdad, pero es verano y tengo que perder
todo este calor. Tenéis que comprenderlo.

El zorro y el búho decidieron convocar una reunión cerca
del estanque con todos los habitantes del bosque
para tratar de buscar una solución entre todos.
Muy poco a poco, los animales se fueron acercando
a la pradera. Tal era el cansancio que sentían
que no podían casi ni caminar.

Primero llegaron los conejos, los zorros, las abejas,
las hormigas... ...y luego el águila, los pájaros carpintero
y las ardillas. Se reunieron a la sombra del gran fresno.

El viejo búho dijo:

–He hablado con Sol y le he pedido que no calentara
tanto, pero me ha dicho que tiene que perder todo
el calor porque es verano y, si no, no podría anochecer,
Luna no podría venir y nadie podría dormir.
El silencio bañó la reunión.

–El pobre Sol no puede hacer nada y las nubes tampoco.
El águila las ha ido a buscar y no pueden moverse solas.

–Entonces, ¿qué podemos hacer? –preguntó asustado
el conejo.
–Pues entre todos debemos pensar algo y rápido
–contestó el zorro.
En aquel momento, un pájaro carpintero sugirió:
–Si Sol no puede dejar de desprender todo su calor
y las nubes no pueden moverse solas, llamemos al viento.
Él enfriará el bosque y traerá las nubes.
Era una buena idea. Los patos se ofrecieron voluntarios:
–En invierno viajamos al Sur, iremos allí y le pediremos
ayuda al viento del Sur.
–Bien –dijo el águila–. Volad veloces y pedidle
que venga y traiga también a las nubes.

Los patos, sin perder ni un minuto, salieron hacia el Sur.
Cuando encontraron al viento del Sur le gritaron:
–¡Viento del Sur, Viento del Sur, necesitamos tu ayuda!
El viento escuchó su problema y comenzó a soplar en
dirección al bosque. A su paso empezó a mover las nubes.

Los animales y plantas sintieron con alegría que el viento
del Sur llegaba: las hojas empezaron a moverse
y las nubes a tapar al Sol. Sin embargo, los animales
tenían más calor.

–Viento del Sur, –preguntó el conejo– ¿por qué eres
tan caliente?

–No puedo ser frío, de donde vengo siempre
hace calor –respondió el viento.

–¡Nosotros necesitamos enfriar el bosque, no calentarlo!
–dijo asustado el conejo.

–Pues entonces tendréis que llamar al frío viento
del Norte, yo no os sirvo.

Y el viento del Sur se marchó llevándose las nubes.
Los patos, agotados, no habían resuelto el problema.

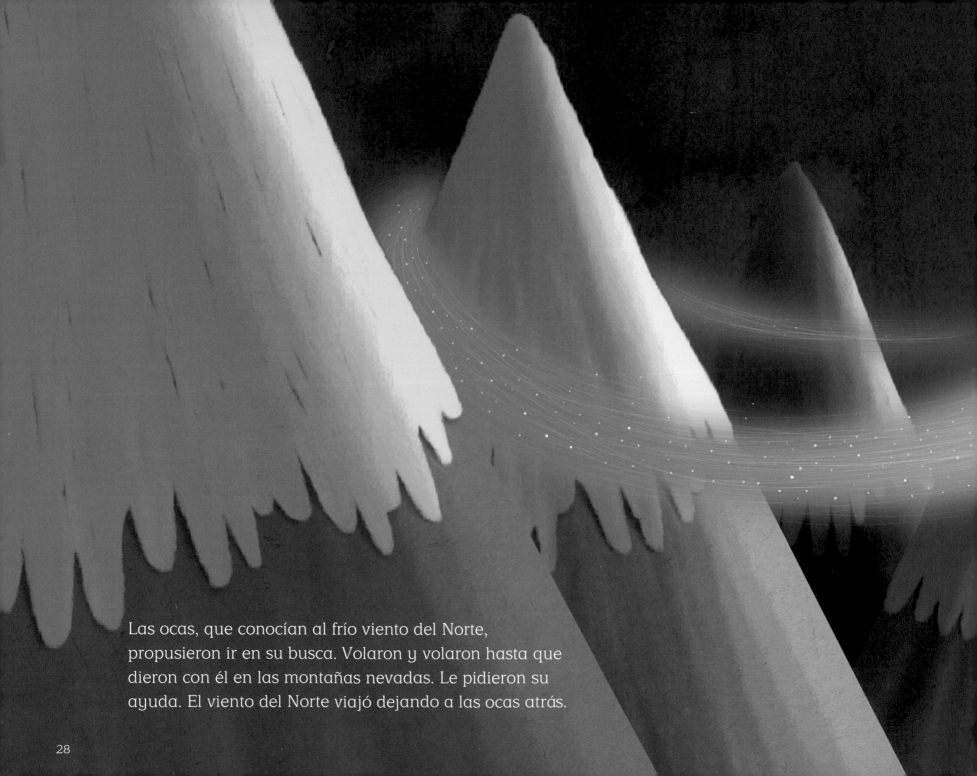

Las ocas, que conocían al frío viento del Norte, propusieron ir en su busca. Volaron y volaron hasta que dieron con él en las montañas nevadas. Le pidieron su ayuda. El viento del Norte viajó dejando a las ocas atrás.

Cuando llegó fue enfriando el bosque y las nubes taparon
al Sol.
Todos estaban muy contentos porque ya no tenían calor
pero a los pocos minutos comenzaron a tiritar de frío.
Los patos, sensibles a tanto frío, dijeron a los demás animales:
–Es cierto que el buen amigo del Norte ha enfriado
el bosque pero es un viento frío como el hielo
y no lo podemos soportar.
Entonces, el águila dijo al viento del Norte:
–Gracias, amigo, pero eres frío como la nieve.
¿Podrías ser más caluroso?
–No –contestó, educado, el viento–. Provengo de las frías
tierras escandinavas y no puedo ser caliente. Si queréis
un viento más templado debéis llamar al viento del Este.
Y, dicho esto, se marchó con las nubes.

El Sol no tardó mucho en calentar el bosque.
Las ocas, tristes, no habían resuelto el problema.
La pareja de pájaros carpintero se ofreció voluntaria para
ir en busca del exótico viento del Este. Tuvieron que hacer
un inmenso esfuerzo para encontrarlo. Unos les decían
que ya había pasado, otros les indicaban dónde estaba,
pero no lo encontraban:
–¡Ni que estuviera jugando al escondite!
–se desesperaban.
Un amable cuervo azul les indicó:
–Tened paciencia, siempre llega pero se va y tarda
en volver.
Y así fue: antes de que el cuervo terminara de hablar,
sintieron llegar al viento. El exótico cuervo azul lo llamó:
–Viento amigo, tengo a estos amigos que necesitan
de nuestra ayuda.

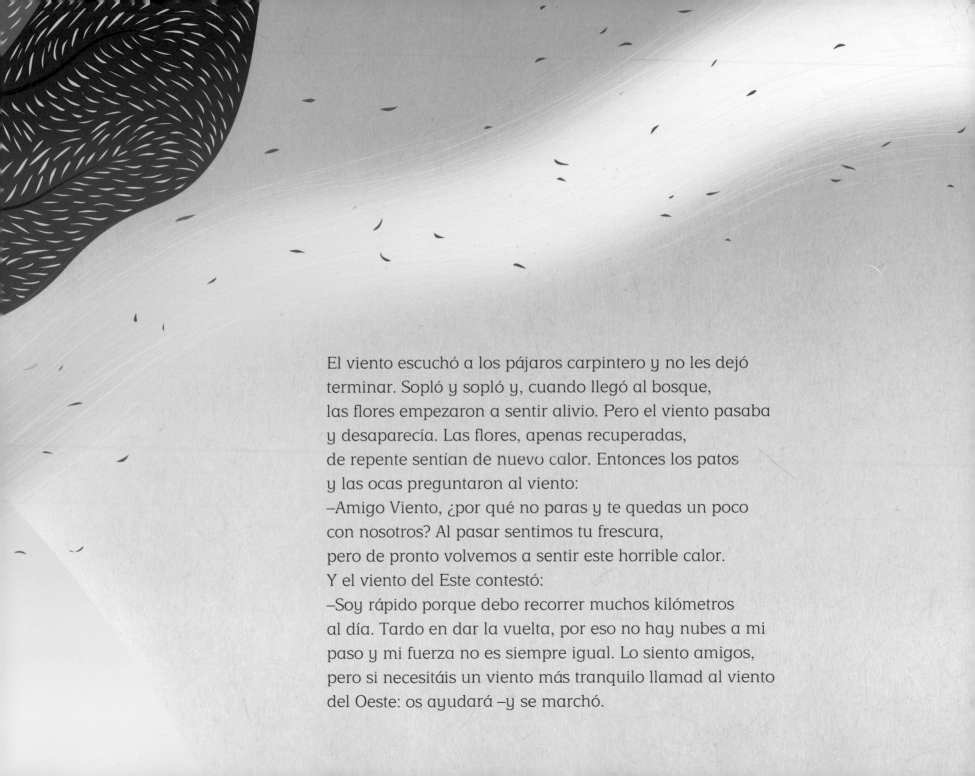

El viento escuchó a los pájaros carpintero y no les dejó
terminar. Sopló y sopló y, cuando llegó al bosque,
las flores empezaron a sentir alivio. Pero el viento pasaba
y desaparecía. Las flores, apenas recuperadas,
de repente sentían de nuevo calor. Entonces los patos
y las ocas preguntaron al viento:
—Amigo Viento, ¿por qué no paras y te quedas un poco
con nosotros? Al pasar sentimos tu frescura,
pero de pronto volvemos a sentir este horrible calor.
Y el viento del Este contestó:
—Soy rápido porque debo recorrer muchos kilómetros
al día. Tardo en dar la vuelta, por eso no hay nubes a mi
paso y mi fuerza no es siempre igual. Lo siento amigos,
pero si necesitáis un viento más tranquilo llamad al viento
del Oeste: os ayudará —y se marchó.

El calor aumentó de nuevo y las golondrinas decidieron
ir hacia el Oeste, bajo la atenta mirada del castor.
Encontraron al viento del Oeste en el inmenso océano
y le contaron todo lo ocurrido. El nuevo amigo viajó
a toda prisa hacia el bosque.

Cuando llegaron comenzó a soplar y soplar
y todos sintieron su frescor.
–¡Éste es nuestro viento! –decían algunos.
Pero el viento del Oeste fue desapareciendo
con las pocas nubes que traía.
–¿Y el viento del Oeste? –preguntó el viejo fresno.
Las golondrinas contestaron:
–Nos dijo que ayudaría, pero que solo podría pasar
una vez. Él pasa y no vuelve.
El problema no tenía solución: aquel calor iba a ahogar
a todos.

–¿Qué vamos a hacer? –se preguntaban.
Las hormigas propusieron pedir consejo a la Luna.
Todas ellas, como un gran ejército y en fila de a dos,
caminaron hacía la línea del horizonte, por donde la Luna
se marchaba al despertar el Sol. Al llegar preguntaron
por ella y no tardó en llegar. Escuchó atenta
y se preocupó especialmente por las flores. Despues dijo:
–Todos los vientos quieren ayudar, pero no pueden
quedarse: tienen mucho trabajo. Debisteis llamar a Brisa.
–¿Brisa? –preguntaron– ¿y dónde hemos de buscarla?
–Es difícil porque es muy delicada y sensible,
parece que no esté. ¡Yo iré a buscarla! Volved al bosque
y decid a los demás que saquen fuerzas y que esperen.
Las hormigas dieron media vuelta y marcharon
todo lo rápido que pudieron.

Cuando llegaron al bosque, todos parecían dormidos.
–¡Hemos hablado con Luna y avisará a Brisa, no tardará!
–anunciaron convencidas las fatigadas hormigas.
Pero ya nadie tenía ilusión.
Al ratito, todos estaban bajo las sombras de los árboles
o en el estanque. El Sol, el maravilloso Sol, no dejaba
de desprender calor pero las sensibles flores,
sin saber por qué, empezaron a sentir frescor.

–¿Quién está llegando que da frescura al bosque?
–preguntó el búho.
–¡Brisa, es Brisa! –gritaban las hormigas recordando
su delicadeza–. ¡La invisible Brisa! –anunciaban
con alegría.
Los animales fueron sintiendo su pequeña corriente,
su frescor. Estaban felices porque con el esfuerzo
de todos se había encontrado la solución.
Mientras, la invisible brisa recorría cada rincón
del bosque.
Hasta el Sol, que ya estaba cortando la línea del horizonte,
estaba emocionado. Podía dormir después de descargar
todo su calor y el bosque estaba fresco. Por fin se podía
respirar.

Llegó la noche y la Luna apareció sonriente.
Nadie quería dormir, todos querían festejar una noche
en la que había dos grandes invitadas.

Dirección editorial: María Castillo
Coordinación editorial: Teresa Tellechea
© Del texto: Pedro López de la Osa, 2010
© De las ilustraciones: Xavier Salomó, 2010
© De la música: Vicente Martínez, 2010
© Ediciones SM, 2010

Impresores, 2 – Urbanización Prado del Espino
28660 Boadilla del Monte (Madrid)
CENTRO INTEGRAL DE ATENCIÓN AL CLIENTE
Tel.: 902 12 13 23
Fax: 902 24 12 22
clientes@grupo-sm.com

ISBN: 978-84-675- 3517-4
Depósito legal: M-52882-2009
Impreso en España / *Printed in Spain*
Imprime: Impresión Digital Du Vinci

CRÉDITOS MUSICALES:
Música: Vicente Martínez
Cuento: Pedro López de la Osa

Joven Orquesta *Juan Crisóstomo Arriaga*
Flauta: María Eugenia Navarro
Oboe: Lucía Cruzado
Clarinete: Ana María García
Fagot: Borja Ocaña
Trompeta: Jaime Fernández
Arpa: Débora Henríquez
Dirección: Vicente Martínez
Narrador: Pedro López de la Osa

Grabado el 31 de marzo de 2007 en el auditorio *Sebastián Cesteros*
de Villanueva del Pardillo, Madrid.
Edición y producción musical: Bertram Kornacher (Cablemusical S.L.)